DISNEP 米奇妙妙屋

妙趣益智故事
好朋友大搜尋

新雅文化事業有限公司
www.sunya.com.hk

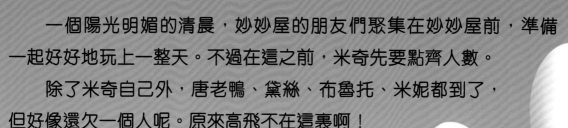

　　一個陽光明媚的清晨，妙妙屋的朋友們聚集在妙妙屋前，準備一起好好地玩上一整天。不過在這之前，米奇先要點齊人數。

　　除了米奇自己外，唐老鴨、黛絲、布魯托、米妮都到了，但好像還欠一個人呢。原來高飛不在這裏啊！

　　「高飛到哪兒去了？」米妮納悶地問道。

　　「難道他在妙妙屋裏面嗎？」米奇猜測道，「我們進去看看吧。」

可是，妙妙屋裏根本沒有人。

「我們仔細找找看，」米奇提議道，「也許高飛想跟我們玩捉迷藏。」

高飛在盆栽裏面嗎？不是。

高飛在凳子後面嗎？也不是。

高飛在櫃子裏面嗎？也不是啊！

布魯托仔細地朝沙發下看了又看，還嗅了嗅，確定高飛沒有躲在沙發下。

「高飛應該不會缺席的。」米奇思索着說，「或許他正在來這兒的路上。我們到屋頂的露台去，看看能不能望見他吧！」

大家在露台上四處眺望，還是沒有看見高飛。於是，米奇想到了利用望遠鏡。他把望遠鏡向四面八方轉了一個圈：北邊、東邊、南邊，最後是西邊。當望遠鏡指向西邊的時候，他咯咯地笑了起來。

「我知道高飛在哪兒了。」米奇大聲宣布。

「在哪兒呢？」黛絲好奇地問。

「他正在自己家裏呼呼大睡呢。」米奇微笑着說，「朋友們，我們一起去找高飛吧。」

「出發前，我們需要工具精靈來幫忙。」米奇說。

工具精靈出現了！它顯示出四個影像：一根黃色羽毛、一個空的膠壺、一個指南針，還有一個問號代表神秘的妙妙工具。

這件神秘工具會在之後幫米奇他們一個大忙！

「我們已經準備妥當，可以去找高飛了！」米奇信心十足地說。

米奇和朋友們坐上車，由米奇做司機，開着車向高飛的家出發了！
「今天的天氣真好啊！」米奇開心地說，「只是風有點大。」
這時，米妮突然驚呼一聲：「不好了！我的手帕被風吹走了！」

米奇連忙停車，好讓米妮把手帕撿回來。幸好手帕沒有被吹得很遠，米妮很快便撿回它回到車上。

　　「米妮，」黛絲說，「把手帕交給我吧，我有辦法令你的手帕不會再被風吹走。」

　　「好啊，謝謝你。」米妮把手帕交給黛絲，黛絲把手帕放在布魯托的頭上，再在他的下巴打了個結！這樣，手帕就不會再被風吹走了。

米奇繼續開車前進，當他們來到一個分岔路口時，發現路口的
指路牌被大風吹得轉個不停，根本不能為他們指示正確的方向。

「現在是工具精靈大顯身手的好時機了。」米奇說。

工具精靈把一個指南針交給米奇。指南針的指針一定會指向北方，是用來辨認方向的好工具！

「我們先來看看北方在哪邊吧！」米奇拿着指南針，看着指針來回擺動。它搖啊搖，擺啊擺，終於停了下來。它指的方向正是北方。

「我記得從妙妙屋望去，高飛的家是在西方。」黛絲說。

「你說得對。」米奇說，「現在我們知道北方的位置，那麼和它相反方向的就是南方了。」

「也就是說，東方在指針的右面，西方在指針的左面。」米妮接着說。

「這邊是西方！」米奇指着西方的方向，肯定地說，「我們出發吧！」

15

可是，車子開了沒多久便越走越慢，最後還突然停住。

「發生了什麼事？」唐老鴨驚訝地問。

「汽油用光了！」米奇無奈地說。

「我們剛才好像經過了一個加油站。」黛絲突然想起來。

「但是車子已經沒有汽油，我們不可能把車開回加油站。」

米妮說，「怎樣才能把車子加滿油呢？」

「我們請工具精靈來幫忙吧！」米奇說。

　　工具精靈把一個空的膠壺交給米奇，米奇馬上想到可以用它來盛載汽油。於是，他和米妮提着膠壺走向加油站。

　　不一會兒，米奇和米妮帶回了一大壺汽油，還為朋友們帶來了飲料！

　　「走了這麼久，大家也渴了，快來喝點東西吧。」米妮咯咯地笑着說。

　　米奇把油箱灌滿汽油後，他們又接着出發了！

「太好了！」米奇大聲喊道，「我們快要到達目的地了。」

這時，他們突然發現，在馬路中央躺着一隻大肥豬。大肥豬斜着眼睛望了望他們，絲毫沒有讓路的意思。

怎樣才可以令大肥豬從馬路中央走開呢？是那根黃色羽毛嗎？他們可以用那根羽毛撓大肥豬的癢癢，但牠真的會覺得癢嗎？這可不一定啊。就算羽毛會讓大肥豬覺得癢，牠也可以原地不動地咯咯發笑呀。

所以，現在就是那件神秘工具的現身時間啦！

「是兩根粟米！」米奇開心地接過工具
精靈帶來的東西說。

唐老鴨拿着粟米，高高舉起雙臂，把大
肥豬引進草叢中，然後將粟米放下，馬上回
到車子上。大家繼續向高飛家前進了。

當他們好不容易來到高飛的家時，米奇一臉驚奇地叫道：「哦，天哪！」

原來高飛還在被窩裏呼呼大睡呢。

「高飛！」米奇試着叫他。可是，高飛仍然打着響鼾。他們一次又一次地喊着高飛，聲音一次比一次響亮，但高飛還是睡得沉沉的，一點也沒有被吵醒的跡象。

「看來，聲音對他根本起不了作用。」黛絲無奈地說。

「高飛閉着眼睛，根本看不見我們。」米妮補充道。

「我們請工具精靈來幫忙吧！」米奇說。

工具精靈把黃色羽毛交給米奇，米奇用羽毛輕輕地在高飛的腳掌蹭來蹭去。高飛的腳抽動了一下，翻了個身，然後慢慢睜開眼睛了！

「你好，高飛！」米奇對剛剛坐了起來的高飛打招呼道。

「你們在說什麼呢？」高飛眨着眼睛說。然後，他用手從耳朵裏面取出耳塞。

「高飛，」米妮好奇地問，「你戴了耳塞，怎能聽見鬧鐘的響聲呢？」

「米妮你不知道，我必須要戴着耳塞！」高飛抱怨道，「我新買的鬧鐘每隔一小時便響一次。如果我不戴耳塞的話，我根本沒法睡覺了！」

「妙妙屋的朋友已經到齊了！」米奇大聲說，「我們一起回妙妙屋去，一起跳妙妙舞吧！」

小朋友，你還記得在這個故事中，米奇和朋友們使用了什麼東西解決問題呢？
答對了！就是指南針、膠壺、粟米和羽毛！

分辨左右

小朋友，請觀察下面兩個關於左右的圖例，在大圖中數一數，指向左邊的手套和指向右邊的手套各有多少隻？請把答案填在◯內。

指向左邊的手套有 ⬚ 隻。

指向右邊的手套有 ⬚ 隻。

例：

左　　　右

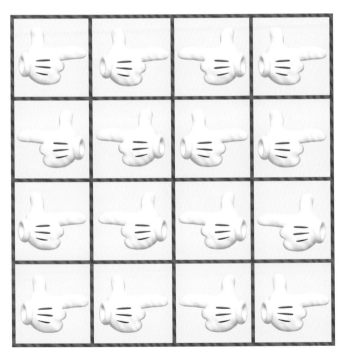

答案：指向左邊的手套有 7 隻。指向右邊的手套有 9 隻。

認識指南針

小朋友，你知道指南針上的四個英文字母分別代表什麼意思嗎？快來跟米奇一起認識指南針吧！

E (East) —— 東　　W (West) —— 西
S (South) —— 南　　N (North) —— 北

小朋友，右圖的指南針只標示了 E（東）和 W（西）兩個方向，那麼南和北應該在什麼位置呢？請把分別代表南和北的英文字母 S 和 N 填在對應的 ▢ 內。

小提示：你可以看看第14-15頁，米奇和米妮介紹指南針的特點呢。

答案：1. N；2. S

28

DISNEY 米奇妙妙屋

妙趣益智故事
熱氣球奇妙之旅

今天天朗氣清，陽光燦爛，唐老鴨和朋友們的心情好極了。

黛絲高興地說：「啊！唐老鴨，快看這天氣，多好啊！」

「噓！」唐老鴨輕聲地說，「看！有個東西跟着我，我要找出那是什麼東西！」

黛絲看看唐老鴨身後，咯咯地笑了。「哦，我的天！」黛絲說，「你身後真的有個東西跟着你呢！它戴着水手帽，跟你那頂帽一模一樣。它的腳上有蹼，也跟你一模一樣。你一動，它也跟着你動。」

　　唐老鴨轉過身望着自己的影子，呱呱叫道：「它的形狀很好看，但是我不喜歡它！」

唐老鴨盯着自己的影子看來看去，朋友們都笑了起來。

米奇笑着說：「朋友，打起精神來！把你的影子留在地上，你跟我來，好嗎？」

唐老鴨悶悶不樂地說：「我們要去哪兒呢？」

米奇高興地說：「飛啊，飛啊，飛到別處去！誰願意跟我和米妮一起乘熱氣球呢？」

「我願意！」高飛高聲和應。

唐老鴨嘟囔着說：「我才不要。
我不想錯過午餐呢。」

「來吧，唐老鴨，」米妮說，
「我為大家準備了豐盛的午餐。我們
一起飛啊，飛啊，飛到別處去吧！」

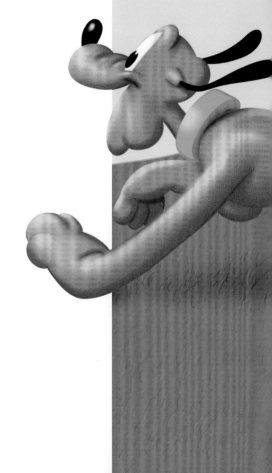

「好像出了點兒問題，」米奇說，「熱氣球總是打不上氣！」

唐老鴨假裝擔心地說：「真糟糕啊，朋友。」他努力地掩飾自己的笑容，「我想我們只能回到妙妙屋去享用午餐了。」

「不，等一會兒。」米奇說，「我們不是有工具精靈可以幫忙嗎？」

聽到米奇的呼喚，工具精靈馬上現身，還帶來了一個機械手柄。

「有人知道這東西怎麼用嗎？」米奇問。

「我知道，米奇！」米妮答道，「我們可以搖動機械手柄，把熱氣球充氣。」

「是啊，你說得對，米妮！」米奇說。

不一會兒，妙妙屋朋友們就乘着熱氣球高高地飛到了天空中。

「飛啊，飛啊，飛到別處去！」黛絲大喊道，「真好玩！」

「大家快看！從這兒能看見妙妙屋，地面的東西看起來真細小啊！」米妮大叫，「地面的東西有各種各樣的形狀，我看見了心形、三角形和長方形，你們又看見了什麼？」

「我也看見了三角形！」米奇大聲地說。

「我看見大鼻和鋼牙在打高爾夫球！」黛絲笑着說，「看！高爾夫球場上有很多三角形旗幟呢。」

高飛咬了一口三明治，問道：「什麼是三角形？」

「三角形是有三條邊，並且每個邊的頂端都有角的一種圖形 ── 形狀就和你的三明治一樣。」米妮解釋道。

高飛指着熱氣球前面的一個大三角形，問道：「就像那樣嗎？」他指的是一座山的山頂！

　　突然，一陣大風吹來，把熱氣球向那座山吹去！熱氣球被山頂刺穿了一個洞，整個熱氣球掛在山上，危險極了。

　　米奇大聲叫道：「工具精靈快來幫幫忙！」

　　工具精靈出現了，並為他們帶來了一個三角鐵、一小塊布、一把梯子和一副望遠鏡。

　　米妮緊張地問：「我們應該使用哪種工具呢？」

米奇說：「我們每一樣都試試吧。黛絲，敲響三角鐵求救！」黛絲敲響了三角鐵，但是並不能幫助大家離開那座山。

「米妮，試試用那塊布填補熱氣球的洞！」米妮趕忙嘗試，但是布太細小了，不能修補那個洞。

「高飛，用望遠鏡看看四周環境！」高飛拿着望遠鏡，只看到地面離他們很遠，這個工具也無濟於事。

於是，米奇大喊道：「現在只剩下一件工具了。大家到梯子那邊去！」

米奇把梯子順着熱氣球的一邊垂下去。他嚴肅地說：「如果我們不能讓熱氣球再升起來，就必須想辦法下去 —— 大家一個一個來。」

　　唐老鴨急忙大喊：「我先來！我先來！」

　　米奇說：「我們要公平一些。我在紙上寫數字，抽到一號的先走，接下來輪到抽到二號、三號的人，如此類推，明白了嗎？」

他們抽籤後，就跟着編號一個一個順着梯子爬下來。

當他們全部平安地返回地面時，每個人都很高興。

「我們沒有了熱氣球，只能步行回妙妙屋了。」米奇說，「其實妙妙屋離這裏並不遠 —— 只要沿着那條小路走……但也許是這條小路……」

他們一直走，一直走，可是仍然看不到妙妙屋。

米奇無奈地說：「我覺得我們一直在繞圈子。我肯定剛才曾經見過這棵樹。」

「工具精靈，請你幫幫忙吧！」米奇說。

工具精靈現身了，還顯示出米奇的三張照片。米奇讓大家一起看看這些照片。「看，照片中的我站在妙妙屋前面，我的影子在每張照片中的位置都不相同。早上，影子落在我身前。中午，影子在我的腳的正下方。黃昏，影子落在我身後。你們有誰知道為什麼會這樣子嗎？」

他們仔細研究着那些照片。

唐老鴨突然叫道：「我明白了！工具精靈想給我們提示，現在是黃昏，在太陽照射下，影子落在我們身後。我們跟着影子走，就能回到妙妙屋了。」

唐老鴨說得對極了！影子幫他們找到了正確的方向，他們很快就回到了妙妙屋。經過大半天的長途跋涉，每個人都餓壞了。他們圍坐在餐桌前，狼吞虎嚥地吃了起來。

黛絲微笑着對唐老鴨說：「嗯，唐老鴨，你現在對你的影子改觀了嗎？」

「我覺得它看起來順眼得多了，但是它最好不要跟我爭吃！」唐老鴨答道。

所有人都哈哈大笑起來。

太陽在哪裏？

讀完故事後，你還記得米奇是如何通過照片中自己和影子的關係，判斷太陽的位置嗎？請你想一想，將下面的圖片和代表太陽位置的文字用線連起來。

1 太陽在米奇後面

2 太陽在米奇前面

3 太陽在米奇頭頂

怎樣判斷南北方向？

小朋友，如果沒有太陽，我們如何判斷方向呢？看看下面的圖畫，一起來學習以下三種判斷方向的辦法吧！

仔細觀察樹頭，向南方的樹木一般生長得較好，因此年輪間隔較闊。

南　北

方法二

樹木在一般情況下，南邊的枝葉較茂盛，而北邊的枝葉則較稀疏。

南　北

在岩石眾多的地方，找一塊岩石來觀察，上面布滿青苔的一面是北邊，乾燥光禿的一面為南邊。

南　北

小朋友，你在這本書中認識了指南針，還學會了找方向，真厲害啊！快來看看更多《米奇妙妙屋》的故事，你會變得更聰明哦！